東北、風の六人衆

作・東　義久
画・こばやしなおこ
企画・本田　馨

序章

ぼくは風のミュージシャン

①

黒髪を　風にさらして　踊るきみ
きみが踊れば　ぼくが歌おう
野の花に　負けない　ほどの　美しさ
きみは　きれいだ　もっときれいにおなり

哀しみに　打ちのめされて　沈んでしまうきみ
きみが泣いたら　星さえ消えるさ
愛してもなぜか　哀しく切なくて
愛を　忘れた
もっと　愛してごらん

※風　風のような　出会いを　信じていたい
　空飛ぶ鳥は　ぼくの友だち
自由に　憧れ　風を連れ　旅をする
ぼくは　ぼくは　ぼくは　風のミュージシャン

②
いつの日か　別れ　そしてまた　出会うだろう
繰り返しつつ　人生の旅　どこへ行く
どこへでも行く
唇に　歌を忘れずに
もっと　遠いところへ

※風　風のような　出会いを　信じていたい
空飛ぶ鳥は　ぼくの友だち
自由に　憧れ　風を連れ　旅をする
ぼくは　ぼくは　ぼくは　風のミュージシャン

(1)

ぼくらは友だちだった。大地も空も海も、それこそぼくらは毎日自由に飛びまわっていた。

そこにはぼくらを遮《さえぎ》るものはなく、なにも邪魔《じゃま》するものなどなかった。

なぜならぼくらは風だった。

ぼくの友人たちを紹介してみよう。

まずは陸前次郎。ブーン、ブーン、彼は宮城を中心に暴れまわっている元気者。

つぎは青森の陸奥《むっ》太郎。彼は凛《りん》とした冷たい風を吹かせる。ビュー、ビュー、彼の吹く音は津軽三味線のように聴くもののこころを打ってくる。

岩手は陸中花子。ギューン、ギューン、彼女は唯一女の子。風の又三郎の遠縁にあたるということだが、ほんとのことはわからない。

それに、ドドー、ドドーと山形の羽前《うぜん》長介に、ダーダ、ダダダダーは秋田の羽後の弥七。

そして、ゴー、ゴーと吹くのがぼく、福島の磐城《いわき》五郎だ。

この六人が東北風の六人衆と呼ばれている。

ぼくらはいつも自由。国境も壁もなにもない。遮るものなどなにもなかった。

それにぼくらの姿はだれにも見えない。

ぼくらは毎日、楽しかった。月に一度六人衆が集まり、いっしょになって飛んだ。なにより楽しかった。あの日までは……。

それが凍《い》てつく寒い日でもゴロゴロと空が鳴りだし、まるで山津波のような音がして海からの風は厳しく打ちつける雪に混ざって吹いた。その寒さに、ぼくらは生きていることを身を引き締め感じたものだ。あの日までは。

震えながら、けれどそれでも、凍《こお》りつくわずかな手前で、ぼくらは春の到来をかすかに感じ喜びに打ち震えるのだった。

厳しい自然のなかで、直《す》ぐそこまで来ている春を感じる喜び、今はただ耐えて春の到来をひたすら信じ、ただただ空を舞い続けた。

ぼくらは風だよ。

自由をいちばんの友にして飛び回る。そうさぼくらは東北風の六人衆。ぼくらはいつも大きな笑い声を風のなかに聴いていた。山のてっぺんからぼくらは台地に向かう。小さなちいさな人間たちがぼくらを見上げている。帽子が風に撥《は》ねた。

いつか夜が訪れ、夜の海が続く。満天の星が霧のなかからこぼれんばかりの勢いで現れる。

星ぼしが暗い海に降る。まるで熱い想いを醒ますように、海に飛び込んで行く。

海の底ふかく、星たちは何を求めようというのか。

ぼくらは風。

(2)

どの季節が好きか、とたずねられると苦しい。仲間のみんなもそれぞれに好きな季節があるとのことだが、ぼくは八月のころ、あの強い陽ざしのなかでみどりの稲のなかを一陣の風となって通り過ぎるのがいちばん好きだ。ぼくの通ったあとには風の道が出来る。その爽快さといえばほかにない。

だれもが自分の好きな飛行ルートを持っている。だからぼくらは一カ月に一度、六人集まってはいっしょになって飛んだ。

けれどあの日から、風の六人衆が全員集まることは困難になった。

このまちにはもう住めない、家族がバラバラになる。放射能に追い出されて、出て行ったひともいる。そんなまちや村を眼下に見ていると、ぼくら風の六人衆は、これまでのように自由に飛翔《ひしょう》することにどこか後ろめたさを感じるようになった。

自由に気楽に飛ぶことになぜか罪悪感を抱いた。ぼくらの集会は回数が減っていった。放射能が拡散するという恐怖に……。

ぼくらはいつも楽しく群れて飛びまわった。凛《りん》とした飛翔。冬の寒気にも夏の暑さにもまけず、飛翔していたことはぼくらの誇り。

あの日から故郷を出て行ったものたち、この地を決して捨てたのではなく、この地を捨てさせられた仲間たち。

泣きながら、故郷を出て行った人たちをぼくらはただどうしょうもなく見ているだけ。さらにはここに残った人たちの思いと悲しみ。ぼくらはどうすることも出来ず、歯ぎしりをし、ただ泣いて見ているだけだった。

風が泣くのを知っているか。ぼくらはあの日まで風の咆哮《ほうこう》は知っていたが、それは決して哀しみを叫んでいるのではなかったはず。

ぼくらはあの日まで、よくいっしょに空を駆《か》け、風の歌を唄っていたのだ。

(3)

今年も桜が咲いた。

富岡町の桜並木。二・四キロメートルの桜花のトンネル。あの日までは、毎年、ぼくらはその桜のトンネルをくぐるのが楽しみだった。桜の花びらが散ってしまわぬようにと、暴れん坊の陸前次郎でさえが気を使って優しく吹いた。

ぼくは毎年、春になるとこの二・四キロメートルをゆっくり吹き抜けるのが楽しみだった。何度も何度もまるで春の名残りを惜しむように、トンネルを潜る。

最後の最後に、その年の最後の花弁が舞い、そしてやがて来る初夏の輝きが桜のトンネルの向こうに見えた。

(4)

風が吹くとシーベルトが上がる。こんなおぞましい呪文《じゅもん》のような言葉が辛《つら》い。

ぼくらが自由に飛びまわれば被害が拡がるという理不尽《りふじん》。

故郷を奪い、生活を破壊《はかい》していく。そこには限りのない人間の欲望。

そんな空疎《くうそ》な言葉の前で、ひとは打ちのめされ、ただ流されて行く。怒りを通りこし、それは哀しく虚しい。

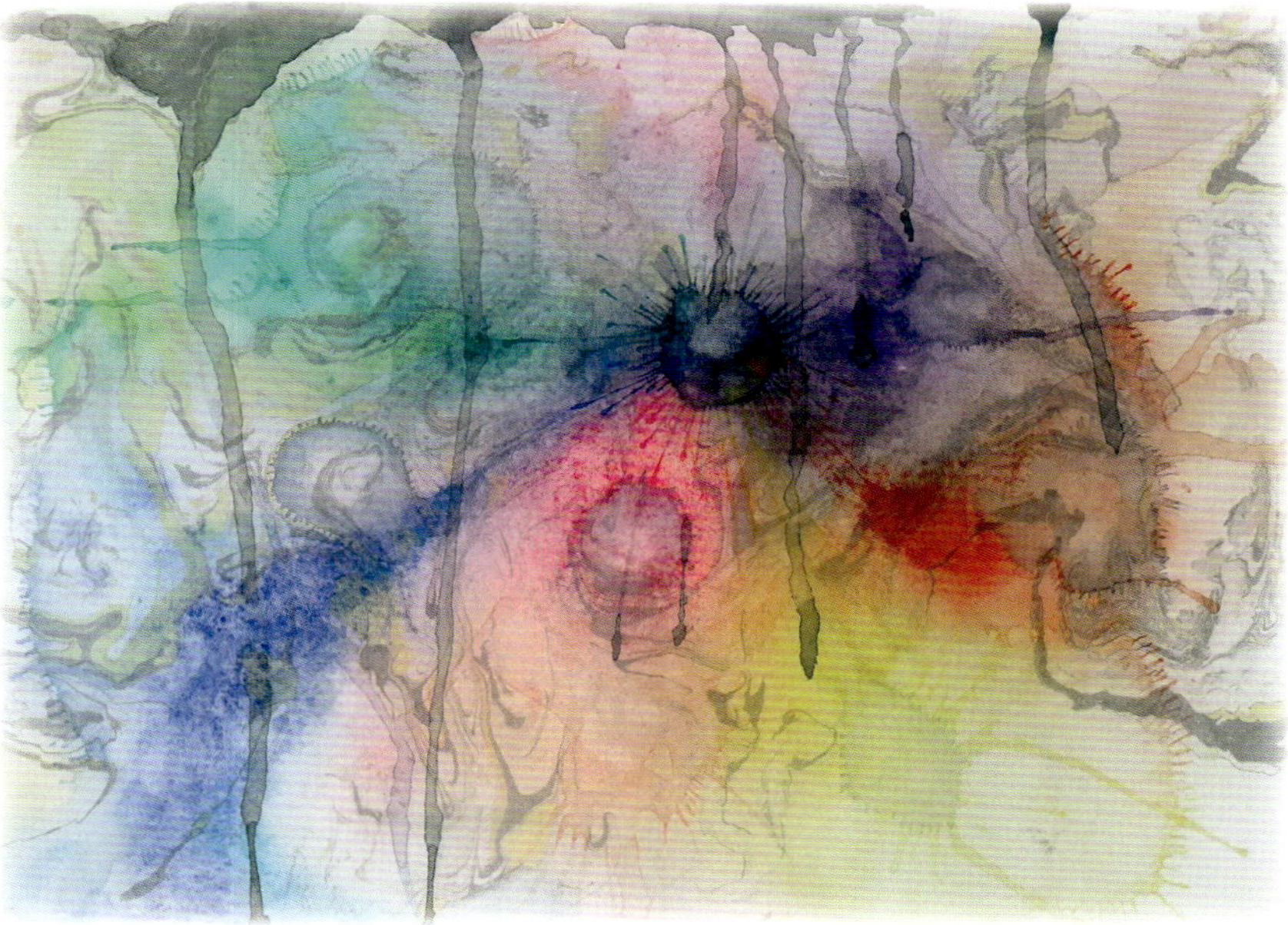

(5)

人間に必要なものはなんなのか。正直、判らなくなってくる。大自然のなかで生きる人間であるなら、自然への畏怖《いふ》と畏敬《いけい》が必要であるはずだ。

それを人間たちは忘れてしまったのか。忘れることで自分のこころに目隠しをして、生きている。人間のエゴ。

無駄なことにも大事なことがある。そのことを咆哮《ほうこう》しながら飛翔したいとぼくは夢想する。なにが大事なことか人間たちに気づいてもらいたいから。福島の磐城五郎として。

ゴー、ゴー、ゴーと咆《ほ》えながら飛翔するのだ。

が、あの日から、東北風の六人衆に勢いがない。みんなどこかに割り切れぬ思いを抱き、毎日を送っていた。

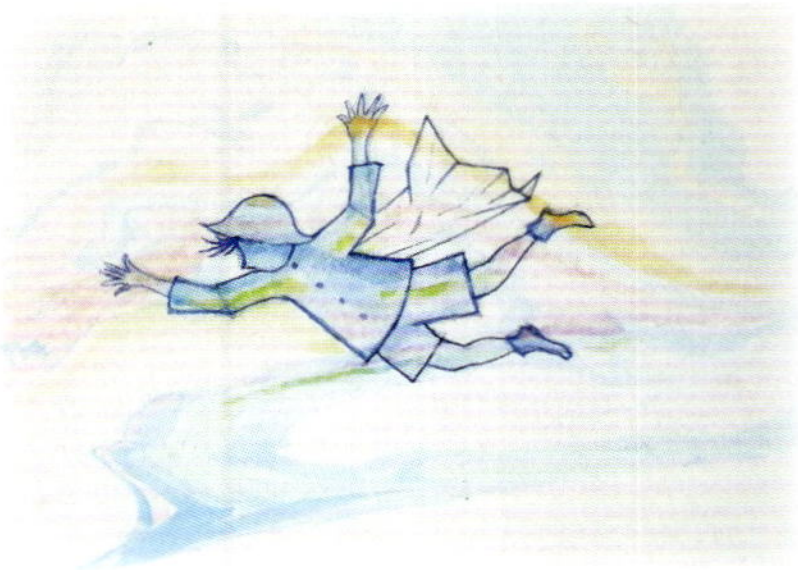

(6)

陸中花子がぼくを訪ねて来た。

花子はみんながバラバラになったことに、こころを痛めていた。

「花子、どうしたの」

するとと花子は思わぬことをいった。

「風の又三郎兄ちゃんのことを思いだしたの」

と、いうので、

「風の又三郎兄ちゃんはわたしの親戚なんや」と、以前に花子がいったことを思い出した。

その話を聞いて、

「そうか、それなら風の又三郎に連絡が取れたらいいな」

と、ぼくが溜め息混じりでいうのを、花子は覚えていた。

それで花子は八方手をつくし、風の又三郎のことを調べたというのだった。

「なにか判ったの………」

と、ぼくは暗い気分を払拭《ふっしょく》するように訊《き》いていた。

風の又三郎は高田三郎というのが本名で、父親のモリブデンの鉱脈調査の関係から引っ越して行ったが、今はどこで暮らしているかは親戚の誰もわからないらしい。

「そうよ、風の又三郎はわたしの親戚なんよ。けど、ほんとうに今どこにいるのか判らないのよ」

花子はそういうと、ひとつ溜息をついた。

「又三郎は風の神、風の精霊といわれている」

ぼくは思わず憧れの声でいっていた。

「今日、訪ねて来たのは、その又三郎兄ちゃんにわたしたちの仲間になってもらえばどうかなって思って、その相談に来たのよ」

「えっ………」

ぼくは花子の提案に驚いた。

「あの、どっどど　どどうど　どどうど　どどう、という又三郎兄ちゃんの力強い声に加わってもらえれば、本当に心強いと思うのよ」

ぼくは花子の提案にただただ感心して聞いているしかなかった。久しぶりにぼくはこころが解放されていくような気分に浸《ひた》っていた。

(7)

その夜、ぼくは夢を見た。

それはあの日以前の夢だった。大きな声を出して歌いながらぼくは大空を舞っていた。まるで風のミュージシャンのように誇らしげに、磐梯山《ばんだいさん》のてっぺんから森を越え林を抜け、緑の田んぼをすべり、海へと出る。青い海はやがて夕陽を落とすと目が眩《くら》むような星が出る。星空に抱かれるようにたゆとう心地よさ。やがてまた空が白み始めると朝が来る。

海上をすべるように、こんどは磐梯山の頂上を目指し飛翔を始める。

眼下には陸が現れ、緑の絨毯《じゅうたん》がまた現れ、田んぼの青い稲を震わせながら、風の道を作る。そこを、ゴーゴーゴーゴーと、歌いながら吹いて行く。

ぼくは突然、涙が出てきた。あの日以来、こんな喜びが消えてしまったことへの哀しみがジンワリと湧《わ》き上がってくる。

風が吹くとシーベルトが上がる。そのことが、ぼくらには辛《つら》かった。あの日以来、大手を振って風を吹かせることができない。

なるべく音をたてずに静かに吹く。そのことにえもしれぬ後ろめたさを感じながら……。

そしてなにより、みんながぼくに気を使い、福島には顔を見せなくなっていた。

なぜこんなに気を使わなければならないのか。あの日以前のように、誰に遠慮することなく、大声で歌いながら自由に飛び廻りたい。

ゴゴー、そこでぼくは目が醒めた。

あの日以来、なぜそんな当たり前のことが、当たり前にできないのか、悔《くや》しい……。

(8)

ぼくは目醒《めざ》める。と、同時に仲間たちに手紙を書いた。

冠省

久しぶりに会いたい。

会ってみんなにたのみたいことがある。

もし、よかったら一度あつまらないか。

待っているから来てほしい。

磐城五郎より

と、書いてぼくは風の便りを送った。

ぼくは手紙を出してから、本当に久しぶりにワクワクした。

あれ以来、何かにつけこころが塞《ふさ》ぎがちだったのが、少しだけでも軽やかな気分になる、嬉しかった。

何気なく振り返ると会津磐梯山《あいづばんだいさん》が遥《はる》か遠くに見えた。

なにも変わってはいない。が、あの日以来、大きく変わった。

そのことから目を逸《そ》らしてはいけないのに、こころが弱くなってしまい、どうしても忘れてしまおうとする淋しいこころ。

ぼくはもう一度、故郷と向き合わなければならない。

(9)

ぼくは風だ。ぼくはただ風になりたい。

風になってただただただ自由に飛び廻《まわ》りたいのだ。

それなのに、あの日以来、ぼくらはなぜか気を使い、自由に飛べない。これはなんか変ではないか。

大きな音をたてて風の歌を唄い自由に空を飛び廻《まわ》りたい。

ぼくらの台地を、ぼくらの空を、歌を唄いながら、ダンスをするように軽やかに飛ぶんだ。そんなように思ったとき、ぼくは頬に風を感じた。

ブーン　ブーン
ビュー　ビュー
「オイッ、どうした。なにか用か」

「どうしてる」

陸前次郎と陸奥太郎がいつの間にかやって来て声をかけてきた。

「よく来てくれた。待っていたよ」

と、ぼくは答えた。

「あたしもいるよ」

陸中花子が声をあげた。

「おれもいるぞ」

「わしもきてるぞー」

羽前長介と羽後弥七の声もした。

「みんなよく来てくれた」

ぼくがいうと、

「元気でやってたか……」

「なんとかな……」

しばらくの沈黙《ちんもく》のあと、

「けどあの日からズッ、となにもかもがおかしくなって……」

「そうだな、なんか元気がでなくてね」

みんなは久しぶりに顔を合わせたことに興奮したのか、口々に喋《しゃべ》った。

話が一段落ついたころ、

「みんなに今日、集まってもらったのは、聞いてもらいたいことがあったからだ」

と、ぼくは話の口火を切り出していた。

みんなはじっと黙ったまま、ぼくの話を待った。

「誰か、風の又三郎のことを知らないか」

「風の又三郎……」

　みんなは思わぬ名前の出現に半《なか》ば呆《あき》れているようだった。

「風の又三郎といえば風の神の子さ。又三郎なら風を自由にあやつれるからな」

「風の又三郎といえば宮沢賢治の童話のなかの話だろう」

　と、陸奥太郎が肩すかしを食らったようにちょっと不満そうな声を出した。

「風の又三郎は本当の話だよ」

　花子が陸奥太郎の言葉に抗《あらが》うような声を出した。その迫力に圧《お》されみんなは黙ってしまった。

「この際、風の又三郎に出て来てもらい、もう一度、あの日以前のように自由に元気に空を飛び廻《まわ》りたいんだ」

「と、はいうけど、それなら風の又三郎はいったいどこにおるんだ」

　話は急に盛り上がった。

「又三郎はお父さんのモリブデンの鉱脈の会社の関係でどこへ行ったか」

「風の又三郎といっしょにドウドド、ドウーと大きな声で風の歌を唄いながら、自由に空を飛ぶんだ。そうすればあの日以前のようにもう一度、みんなが元気に飛びまわれる。又三郎は風の神だから自由に風をあやつれる。シーベルトも気にせず」

「おれたちはここで生まれ育った。この地は素晴らしいところ。もう一度、この地を、この地の誇りと元気を取り戻したい。それには東北の風の神、神の子、又三郎の力を借りられないかと思って……」

ぼくがいうと、

「わかった、探してみる。谷川の岸の小学校の辺りも」

花子がいってくれた。

「北海道のモリブデンの鉱脈の会社はどうなったか、調べてみるぞ」

と、陸奥太郎。

「それなら俺は上の野原の入り口じゃ」

「わしは風の長老に訊いてくることにしよう」

「オー、オー」

そのときどこからともなく風が吹き渡った。みんなはお互いを見た。

「それでは一か月後に磐梯山《ばんだいさん》のてっぺんに集まろう。みんなで風を起こし、大きな声で歌いながら飛翔するんだ、あのころのように、一か月後にまたここで集まろう。みんなで風を起こし、大きな声で歌いながら飛翔するんだ」

「わかったよー」

「えいえいオーッ」

みんなが一斉に飛んで行くのをぼくは見送った。

(10)

ぼくはみんなと別れてから、風の又三郎のことが知りたくて、あちこち飛びまわった。

「ガラスのマントを着た赤毛の少年はいないかー」

空の上からキョロキョロと見まわした。あちこち探した。

あの地震の日からぼくたちはそれぞれがバラバラになった。

日本の技術力、防災対策がすべてを薔薇色の未来に変えてくれるとの奢りと幻想、その愚かな人間の限界。

それらがすべてが嘘たと知らされたあの日。

今もなんら見た目には変わらぬ日々の流れ、日常、それを誰もが気づかぬフリで日々を過ごさなければならない、そんな哀れが蔓延《まんえん》しているのに。

ぼくらもあの日からバラバラになった。せめてぼくらだけでも、ひとつにならなければ……。そんな思いに衝《つ》き動かされぼくは、風の又三郎を探した。どんな小さな情報でもいいから見つけたかった。

(11)

それにしてもぼくは待ち遠しかった。もうすぐ約束の一か月。ぼくは風の又三郎の噂を見つけられずにいるが、誰かが見つけてくれるかもしれない、という淡い期待もあった。

ちょうどそんなころ、花子がやって来た。

「だめだった。谷川の岸の小さな学校は無くなってたし、モリブデンの鉱脈の会社もなくなってたわ。上の野原も行ってきた。なんだか諦めきれず北海道にも行ってきたけど、どこにも又三郎兄ちゃんはいなかったわ」

と、花子はいってから大きなため息をついた。

「誰か又三郎のことを、なんでもいいから見つけてくればいいのに……」

ぼくがいうと、そのとき、

ブーン、ブーン、と風の音がし、陸前次郎がやって来た。

「だめだ、だめだ。又三郎のことを尋ねると、あれは小説の世界のことだと笑われたぞ」

と、陸前次郎は不満気にいった。

それから、しばらく何もなかったが、明日でちょうど一か月になろうとしたとき、気配がし、陸奥太郎と羽前長介、羽後弥七がぼくの傍《そば》に現れた。

「だめだ、だめだ。おれも又三郎なんて物語の世界のことと笑われたぞ」

「おれもだ」

「話にならないのさ」

そして長い沈黙があった後、

「ぼくらだけでもいっしょに風の歌を唄おうよ」

と、陸前次郎がボソッ、といった。

みんなは一瞬びっくりしたような顔になり黙ったあと、

「ぼくらはあの日から自重してきた。風が吹くとシーベルトが上がるといわれてさ…けど、それは俺たちのせいではないんだ。人間たちが間違いを起こした。そのツケを我われが負っているんだ」

「原発は人間を試《ため》している。そう思えてならないんだ……」

「人間はそのことにいつか気づくときがくる」

「そうだ、その日のためにあの日以前のように自由に風の歌をぼくらだけでも、唄いたいんだ。そうして、この現実を忘れないために、気づいてもらうために、目に焼きつけておきたいんだ」

「風の精霊、風の又三郎は見つけられなかったが、人間が試されているように、ぼくらもまた風の又三郎に試されているのかもしれない」

と、陸前次郎がいうと、

「風の又三郎にわたしたちが試されている……」

「そうだよ。ぼくらの未来のためにもこんなときこそ想像するんだ。こんな状況でも希望をなくさないように」

「そうなら、ぼくらがバラバラになっていていいわけがない」

(12)

翌《あく》る朝、ぼくら東北風の六人衆は磐梯山《ばんだいさん》のてっぺんに揃った。

「それでは行くぞー」

「オー」

「生活、人生、環境、故郷、すべて掛《か》け替《が》えない物を奪われたんだ。そのことをせめて忘れないために」

「オー」

「ぼくらが何にも束縛《そくばく》されぬためにも、自由に吹き吹かれ行き来できる日を信じて」

「オー、いいか行くぞー」

久しぶりの東北風の六人衆の飛翔にぼくの胸は昂《たかぶ》っていた。

風の音、海の声、山の咆哮《ほうこう》、台地の唸《うな》り、すべてがなんの気がねもなく生命の煌《きら》めきを享受《きょうじゅ》できる。あの日、二〇一一年三月十一日午後二時四十六分以前の世界をイメージして。

「しゅっぱーつ」

風の六人衆は強い意志で、今、海に向かい舞い上がった。

ゴーゴー
ビュー
ブーン
ダーダ、ダダダダー
ギューン
ドドー
みんなはまだ少し気づかいながら飛んだ。
遠くで雷鳴が聴こえた。稲光りが幾条も海に落ちた。ぼくの気分は昂って行った。
忘れなければ生きていけぬことがある。けれど、忘れてはいけないことがある。ひととして。

どっどど　どどうど
どどうど　どどう
どっどど　どどうど
どどうど　どどう

ぼくは聴きなれない風の音を聴いた気がした。

「うん？……」

また耳慣れぬ風の音が聴こえ、周りを見た。

どっど　どどうど
どどうど　どどう
どっど　どどうど
どどうど　どどう

確かに聴こえた。ぼくはみんなのほうを見た。

みんなも不思議そうに周りをきょろきょろ見ていた。

「風の又三郎が来ている。ぼくらといっしょに飛んでいる。ぼくらのところへ来てくれたんだー」

どっど　どどうど
どどうど　どどう
どっど　どどうど
どどうど　どどう

誰かが大きな声で叫んでいる。

「うん、うん。風の又三郎だー」

ぼくは自分の目から涙が次からつぎへと吹き出るのを感じていた。

どっどど　どどうど
どどうど　どどう
どっどど　どどうど
どどうど　どどう

みんなは風の又三郎の風の歌声を口々に唱えた。祈りにも似た合唱が起こった。

力が体の底から湧き上がってくるような、独りではないぞという優しい感じ。

ぼくらはあの日を忘れない。二〇一一年三月十一日午後二時四十六分。

生きとし生けるものとしてこの先どんなことが起こったとしても、どんなことに遭遇《そうぐう》したとしても、希望をもっていなければならない。

風の又三郎の風の歌を聴いていると、そんな思いが東北風の六衆の共通した思いになって行った。

「さあ、あばっせー、いっしょに行こう」

ぼくは思わず大声で叫んでいた。

「あばっせ」

「おう、あばっせ」

との声が木霊《こだま》みたいに海の上をたゆとうた。

（終章）

祈り～明日のために～

①

小さな花　風にそよぐ　あの花のように生きたい
自然《じねん》のままに　咲いている　時の流れ安らかに
生きるために　生まれてきて　生きる意味さえ判らずに
死ぬ日のことを思う　なにゆえひとは　祈る
明日のために

②

行く度か　別離《わかれ》を知り　あなたの痛みを思う
今は恨みなど　微塵《みじん》もなく　ただ遭いたいもう一度
生きるために　生まれてきて　生きる意味さえ判らずに
死ぬ日のことを思う　なにゆえひとは　祈る
明日のために

③

夢を追う　こころも萎え　日々に流され　生きていく
それでも　命の　焔《ほむら》消せず　掌《てのひら》合わせ祈るだけ
生きるために　生まれてきて　生きる意味さえ判らずに
死ぬ日のことを思う　なにゆえひとは　祈る
明日のために

東日本大震災から、絵本への道のり

チャリティコンサート響きプロジェクト代表　本田　馨

２０１１年3月11日大震災の状況を映し出すテレビ画面に誰もが硬直していた。

東日本大震災の後、自分に出来る事はないか、役に立てないか、と思いあぐねる日々。起業した私の会社「コンサート企画エクスプレッション」の創立20年記念に制作しようとしていたCDが、この震災に役立てたら、との思いにいきついた。たかが私の思いだけのCD制作ではあったが、東日本大震災への癒しと絆を発信できればとおこがましくも考えた。

被災地の情報も無く、知人もいない、思いは空回りするだけ。それでも居ても立っても居られず、一度実際に自分の目で見てみよう、と２０１１年11月、東北旅行を決行。

そこで見たものは、宮城　仙台、などの無残な風景に地震の大きさ怖さだった。海水をかぶって茶色く枯れかかっている松、崩れた石垣、観光客も少ない。やはり現地は地震の脅威に今もおびえていると強く実感した。

岩手県花巻では、真っ暗な山道をずぶ濡れの青年がバイクでやってきて、「釜石では壊滅的な津波です。やっと山を超えてきました。どうぞ助けてください」と、震えながら訴えたと、語り部の叔母さんの話に私自身冷水をかぶったようなふるえに襲われる。

２０１２年9月　他の支援団体で活動している万華鏡コミュニケートの代表

の方にボランティアの実態を聞き、京都府避難者支援プラットフォームに加入した。翌10月には、万華鏡コミュニケートの代表と一緒に福島県いわき市に行ったのが初の遠征であった。

福島県には、津波だけでなく原発事故という前代未聞の恐怖体験がある。原発事故で帰還困難地域の皆さんのいわき市への避難人口がもっとも多い。誰もが地震、津波、原発、健康被害　補償問題、ほどけぬ人間関係のもつれとありとあらゆる苦難苦慮が蔓延している。

ボランティアがお世話になっている社会福祉協議会では、避難者の家をバスでまわり、集会所などに来てもらい健康診断などを実施。後の二時間ほどをボランティアの開催するイベントで楽しんでもらうという段取りだった。

この体験をもとに以後ミニコンサートで地域を回る遠征活動を実施。一方、資金をためるため京都や奈良でもコンサートを開催したりした。

三回目に遠征訪問した時は、福島から宮城に入り石巻の大川小学校にも行った。この小学校は海から四キロも上流に位置し、それまでに津波で浸水したことはなくハザードマップでは避難所になっている。にもかかわらず津波は川を道としてさかのぼってきたのだ。

百八人の生徒が下校準備をしている時、地震が起きた。

一部の児童は迎えに来た父兄と帰宅したが、残っていた児童と教職員は川から襲ってきた五メートルもの津波に襲われた。

私たちが見舞った夏には、ただ鎮魂の碑と爆撃後のような曲がった鉄骨のはみ出たコンクリートが殺伐としていた。

防波堤の道と北上川にかかる大きな橋とのデルタ地には、等間隔に、鎮魂と無念の思いを込めてひまわりが植えられていた。それらのひまわりは、小学校の方に向いて咲くとの話に心が痛み、迫ってくる哀しみに声も出ない、ただ般若心経を唇の端に浮かべるのがやっと、津波だけでさえこんな無念であるのに。ましてや津波以外に原発事故という二重の悲劇が起こっているという事実。大人も子どももずっと澱のように恐怖や不信感がへばりつくのも当然だと思う。

子どもを守りたくて、とりあえず福島から追い立てられるように避難する人々の上に「どうぞ、ここで休んでいってください」というあたたかな貼り紙のある一方で、「福島からの避難者の方おことわり」の貼り紙もあったという。

私たちの行程の一端に、塩谷崎岬に行く途中の薄磯地区では、人の住む気配すら消え、野生の動物のみが走りぬけたりする。何も無いのに、かつての集落の蠢きが残照のように肌にまとわりつく。

同行の奏者にお願いし、海と空に向け笛の音を手向けてもらった。

こんな思いを抱きつつ私の心のなかの東日本大震災は八年目に突入しようとしている。生きていくうえの知恵なのか、弱い心のせいか、時の経過に忌まわしい記憶も徐々に薄められていく不安に胸が痛くなる。

そのことを友人の小説家、東義久氏に訴えてみた。

彼は、風化させないために物語を作ろう、と言ってくれた。

絵本にしたい、そんな思いが作品からイメージされて、画家のこばやしなおこさんに画を頼むことにした。この物語が今後、風のように飛翔し旅立ってくれるか、それを希望をもって見ていたいし、この一冊が東日本大震災を忘れない一助となるよう祈るばかりである。

文　東　義久
絵　こばやしなおこ
写真　渋谷　民広
「ぼくは風のミュージシャン」
作詞　東　義久
作曲　中坊　忠明
「祈り、明日のために」
作詞　東　義久
作曲　中村　光一
企画　本田　馨
デザイナー　古澤建治

東北、風の六人衆
二〇一九年三月十一日発行
著者　東　義久
発行者　松村信人
発行所　澪標《みおつくし》
大阪市中央区内平野町二・三・十一・二〇二
TEL　〇六・六九四四・〇八六九
FAX　〇六・六九四四・〇六〇〇
振替　〇〇九七〇・三・七二五〇六
印刷製本　亜細亜印刷㈱
DTP　山響堂 pro.